U0009792

獻給所有拒絕被三振出局的孩子。—— J.F.M.

給蕾貝卡和芮秋 —— D.R.

XBTH0033
【不簡單女孩2】

有數學頭腦的女孩

工程師瑞‧蒙特固的故事

The Girl With a Mind for Math: The Story of Raye Montague

作　　者：茱莉亞‧芬利‧摩斯卡 Julia Finley Mosca
繪　　者：丹尼爾‧雷利 Daniel Rieley
譯　　者：黃筱茵

字畝文化創意有限公司

社長兼總編輯：馮季眉
責任編輯：吳令葳
設　　計：Ancy Pi

出　　版：字畝文化創意有限公司
發　　行：遠足文化事業股份有限公司（讀書共和國出版集團）
地　　址：231 新北市新店區民權路108-2號9樓
電　　話：(02)2218-1417
傳　　真：(02)8667-1065
客服信箱：service@bookrep.com.tw
網路書店：www.bookrep.com.tw
團體訂購請洽業務部 (02) 2218-1417 分機1124

法律顧問：華洋法律事務所　蘇文生律師
印　　製：中原造像股份有限公司

Text copyright © 2018 by Julia Finely Mosca
Illustrations by Daniel Rieley
Illustrations copyright © 2018 The Innovation Press
This edition arranged with Kaplan/DeFiore Rights
through Andrew Nurnberg Associates International Limited

特別聲明：有關本書中的言論內容，不代表本公司 /
出版集團之立場與意見，文責由作者自行承擔

定價 350 元　　　2019 年 2 月 13 日　初版一刷　　　　2024 年 8 月　初版十二刷

書號：XBTH0033　　　　　　　　　　　　　　　　ISBN：978-957-8423-70-1

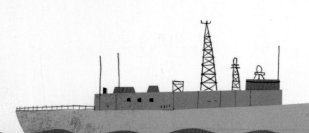

有數學頭腦的女孩

工程師瑞・蒙特固的故事

The Girl With a Mind for Math
The Story of Raye Montague

文 茱莉亞・芬利・摩斯卡
Julia Finley Mosca

圖 丹尼爾・雷利 Daniel Rieley

譯 黃筱茵

如果你有夢想，
但它看似遙不可及……

這個故事送給你——
你會明白一個重要的真理。

只要全心全意，朝目標努力，
你就會成功。

就像這位大膽的工程師，
她的名字是瑞‧蒙特固。

冬日的這一天，
在美國一個名叫
阿肯色斯州的地方，

迎來瑞這個女娃兒。

她就像星星一般明亮，
打從出生就特別聰明。

這個孩子有點兒固執，
卻絲毫不膽怯溫吞。

這個女孩
很有潛力，

她的外公
覺得很自豪。

外公告訴瑞：「努力認真，
你就會脫穎而出。」

瑞還不到七歲，
外公就帶她去看
她的第一艘船。

這艘船真是無與倫比，
也是她珍藏一生的回憶……

「是真正的潛水艇！」
她張大了雙眼。
「是誰建造的？」她問。
他們正跟隨導遊參觀，
聽他解說。
「是工程師啊！」導遊說，
並輕拍了瑞的頭。

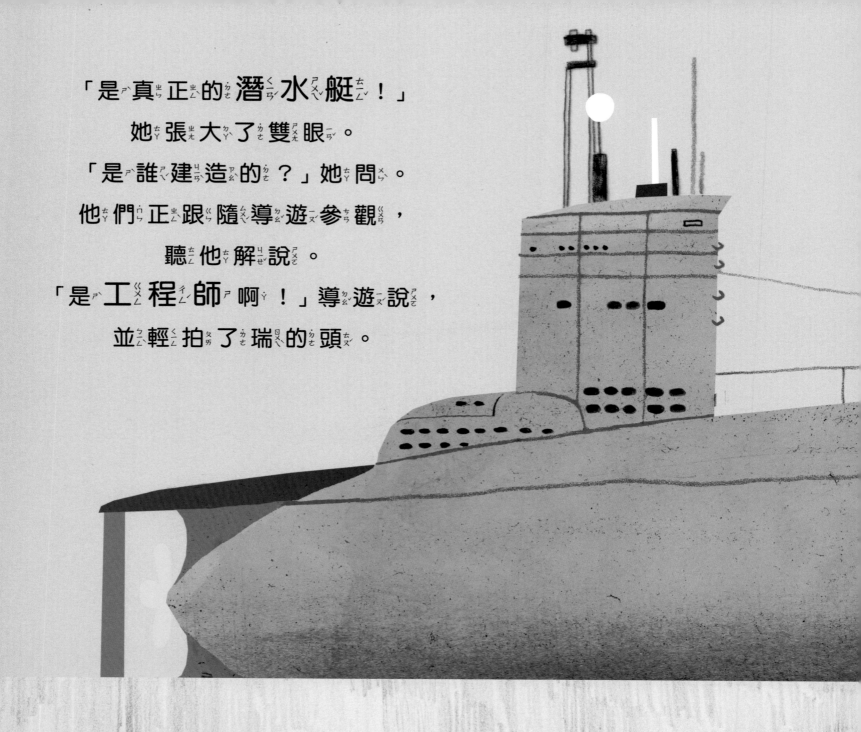

「但是，小朋友，你不必知道那麼多。」
就在那一刻，
導遊的輕視態度，彷彿打到瑞的腦袋。

——反正，你就算知道了也沒用！
他的話就是這個意思，只是他沒有明說。

「我要當工程師。」瑞心想。
她一生的夢想，從此刻開啓了。

只可惜，
當她說出她的計畫，
大部分的人都取笑她，
而不是佩服她的勇氣。

「你要堅強。」
媽媽說：「運用你聰明的頭腦，一切都會順利。」

「有些人，永遠無法看見你的優點——
只因為你身為女孩，膚色又與他們不同。
別人的眼光和學校裡的情況，
不應該阻礙你的夢想。」

那個時候的學校，
實行所謂的種族隔離政策。
黑人與白人學生，總是被區隔開來。

「這是不對的！」
她想大聲呼喊。
這種悲慘的待遇，
不是在開玩笑。
更糟的是，白人小孩
可以接受比較好的教育。

瑞認真用功，
她抱持無比的毅力，努力的學習。
她很有數學天分，閱讀書架上所有的書籍。
上大學時，她很清楚自己該選擇哪個科目修習。

她要學造船！
然而她卻得到壞消息……

「黑人學生不能修工程學。」學校的人說。
她的心猛然一沉。
「那我就修商業學囉！」

瑞準備先學
她可以學的科目，
以後再學其他的。
就算規則不公正，
也不能阻止她的好學。

瑞真是聰明又敏銳。
她修完學位，以優異的成績畢業！
她沒有時間參加畢業派對，
跟大家道別：

「我要出發前往一個
充滿偉大歷史的地方──

美國五十個州的首都──
華盛頓特區！」

現在，該找工作了吧？
但工作不是那麼好找。

瑞不是那種愛抱怨的人，
她尋尋覓覓，找了又找。

突然，命運召喚她：
有人雇用她打字，
就在建造潛水艇的地方！

太好了！是海軍辦公室！
只是先別太早歡呼……
設計船艦的工作，是受過訓練的工程師的任務。

瑞觀察別人如何工作，學會所有的事情。
晚上，她甚至研習電腦課程。

有一天，整個團隊的人突然都感冒了——
最關鍵的機會來了。
瑞不但做好自己分內所有的工作……
就連工程師的工作也全包了！她的上司非常震驚。
「我運用了腦中所有學會的東西。」瑞回答。
於是，她得到了
升遷的表揚。

瑞的生活應該從此一帆風順？
可惜，真實的情況並不是這樣。
上司因為她的膚色，對待她的態度很不好。
許多人都跟上司一樣，試圖讓她感覺自己很渺小。
這種時候，瑞只是把頭抬高，
而且比他們任何一個人，
都還要加倍努力工作，
處處做得周到。

有一天，白宮
來了一道命令
總統要他們造一艘船。
「一定要建造得很雄偉，
而且愈快愈好。」

他們怎麼可能立刻
變出一艘船？

所有的設計圖，
都需要工程師們
用好幾個月的時間
才有可能完成。

事情是這樣的：
設計船艦的時候，
需要註記幾千種測量值。
這些計算都與數學有關，
都需要時間。
噢，其實當時
瑞已經在著手進行一項
很了不起的工作。

「我有辦法解決。」
她一邊深呼吸……一邊想著：
「我設計了一個系統可以執行，我有把握。
它可以更快完成設計圖。」
「我將設計出第一艘
用電腦設計的船艦！省時省力！」

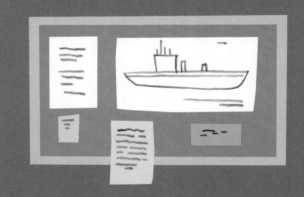

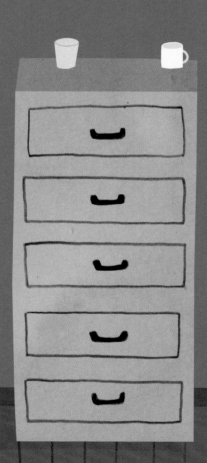

你認為這項工作要花多長的時間？
一個月嗎？
還是幾個星期？
嗯，這的確需要縝密的計算，
還需要喝很多的咖啡才行。

驚人的是，瑞只用了
短短幾個小時
就完成了。
僅僅十八個小時！

她的計畫——真的成功了！
所有的藍圖都畫出來了，
船艦也建造出來了。
那些工程師沒有一個不瞠目結舌！

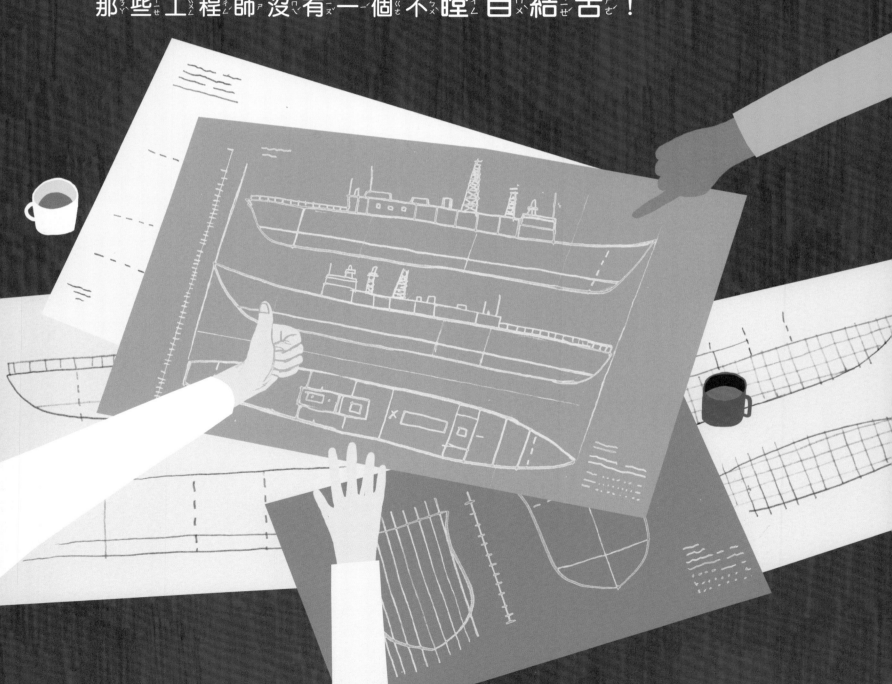

「你成功了！」同事們歡呼，
就連她的上司也不得不讚嘆。

是她的數學天分和敏捷的思考，
拯救了這個案子。

故事結束了嗎？
不，還沒有。

瑞設計的船艦發表會那天，
只有白人受邀參加。
有人邀請瑞嗎？
沒有。她不在邀請名單上。

什麼！！沒有人邀請她？！
你沒有聽錯，
這真是太過分了。

瑞保持冷靜——

每一天都盡心盡力工作。

不久後，她的專業大獲好評。萬歲！

人們聽說了她的成就，

都很納悶：「這個人是誰？」

當他們見到瑞，全都目瞪口呆。

他們以為眼前會出現一個男人！

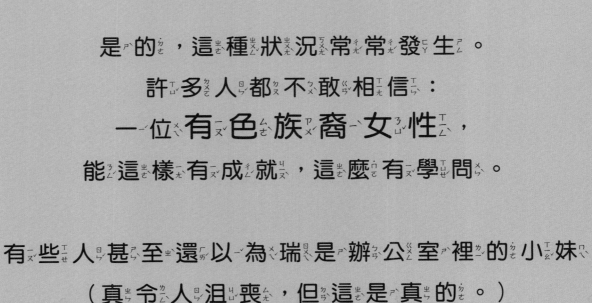

是的，這種狀況常常發生。
許多人都不敢相信：
一位有色族裔女性，
能這樣有成就，這麼有學問。

有些人甚至還以為瑞是辦公室裡的小妹
（真令人沮喪，但這是真的。）

當他們向瑞點飲料時，
她回答：
「請你也給我一杯，
我也想喝！」

這許多年來，她的幽默與睿智幫了她許多忙，
她可以用大笑，而非眼淚戰勝困頓時光。
海軍裡那位不好心的長官……
後來讓瑞成為
帶領船艦設計的第一位女性成員！

後來，瑞贏得了更多榮譽。
她的名聲不斷累積，
最後，她終於達成自己的夢想。
成為工程師！好酷！
她一直為這個頭銜努力著……
現在，全世界總算明白她的卓越成就，
她無須繼續掩飾。

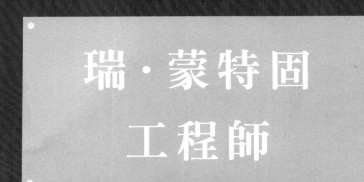

瑞·蒙特固
工程師

我們學到的一課，就是不要輕易屈服，
跳上你的船，把握機會去冒險，去改變。

如果船沉了，你也可以往前游去；
如果暴風雨擋路，
堅持你的方向，不必驚慌。

不要放棄，就像瑞，
一路航向成功。

親愛的讀者：

如果你們像我一樣有一個夢，就要認真讀書，全心全意去做！

永遠記得，就算有人跟你說「你做不到」，也無法阻擋你。也許你會先往另一個方向走，也許你會花更多一點的時間，但你一定可以

達成夢想！

瑞‧蒙特固

Photo courtesy of Raye Montague

瑞的有趣小故事

勇於跳脫框架

　　「其實我不喜歡洋娃娃。」問到她小時候最愛的興趣時，瑞說道。「幸運的是：我媽媽和外公總是鼓勵我喜愛數學、科學，以及跳脫框架的思考。他們教導我，世界上並沒有所謂女性的工作或男性的工作。在高中時代，瑞的媽媽甚至說服校長讓瑞在家接受考試。「我媽媽就是讓我鼓翼的風。」蒙特固運用她照相式的記憶，研讀學校的課程，她甚至不必去上課，就有辦法通過所有考試，用多餘的時間修習數學與科學課！

瑞的母親，法蘿希

Photo courtesy of Raye Montague

用幽默感化解仇恨的語言

　　如果瑞的生涯裡有什麼篤信的原則，那就是：不讓其他人擊垮她。「人們會說出非常負面的話，如果你讓這樣的話滋生，它們就會控制你。」「永遠記得先準備好，你要應對的話語──充滿幽默感的回應，這樣你就能奪回掌控權。」她記得有一次，跟同事一同旅行（當時許多地方依舊施行種族隔離政策），旅館的員工告訴瑞，她得另外找旅館投宿。「沒關係，我不需要一間房，只要給我一張沙發床，我就睡在這裡。」不過對方並不希望瑞睡在他們的大廳，所以就給了她旅館裡唯一剩下的房間：閣樓！

將阻力化為前進的動力

　　多年以來，瑞還不只被誤認為小妹和祕書。「每個人都以為我是一個白人男性，因為我的名字叫瑞。」「有好幾次，對方還沒見過我，就決定雇用我，可是等他們見到我本人時，完全無法置信。」瑞認為她父母給她取了一個中性的名字是很棒的事，這是他們家族目前仍然延續的傳統。「我孫女（雷利）取了中性化的名字，正是因為我兒子（大衛）看見有這麼多大門為我敞開。」瑞還補充說明，她的孫女也希望能從事科學工程領域的工作。「她想找出治療癌症的解方！」

儘管有暴風雨，依然努力航行

雖然瑞克服了許多同事的性別歧視與種族歧視，她的成功之路依然坎坷。當時一位在海軍任職的主管，對年輕的商科畢業生尤其嚴苛。「他的種族歧視真的很嚴重，他進到辦公室，看到我是女性，又是黑人，一定想著：『我要怎樣才能讓她走？』」這位主管認定瑞一定會失敗，交代她在六個月內完成一項計畫（海軍已經為這項計畫努力了六年），修改某個電腦程式系統，好用來設計船艦。瑞從來不因任何挑戰而受挫，她每晚都開車回辦公室，不支薪超時工作，好完成任務。

兩星期後，尼克森總統對海軍下令，命他們在兩個月內設計好一艘新的船艦，瑞的上司直接帶著這項任務來找她。她用她新寫的電腦程式，只用了十八個鐘頭就完成了藍圖。「我的老闆因此愛上我了，我完成的這項工作，絕大部分的光榮都歸他。」「在那件事情後，他就為我開啟了許多扇門，並且真的讓我接管他的位置。」

為歷史定位下錨

瑞生涯中最令人震驚的種族歧視，發生在她完成突破歷史的船艦設計工作後。「他們甚至沒有邀我去參加那艘船的啟用典禮。」但是瑞依然很有信心，歷史終將給她應得的肯定。「我認為教育能讓人不再歧視別人，但我還是會遇到一些人，就因為我是黑人，認定我不可能完成這些成就。」這位性子很剛烈的科學家，是怎麼回應那些懷疑主義者呢？「你不相信，那就去Google我呀！」

於1935年
1月21日誕生於美
國阿肯色斯州的
小岩城

首度參觀潛水艇，
埋下了對工程學深厚的興趣

取得阿肯色斯州
農工教育學院的
商業學位

Photo courtesy of Raye Montague

以18小時26分鐘
的時間，完成全世
界首度以電腦設計
船艦的工作

榮獲製造工程師學會
終生成就獎

在她設計的船艦
（FFG-7 巡防艦）
啟用典禮時被排
除在外

畢業於阿肯色
斯州派恩布勒
夫的梅里爾高
中

Photo courtesy of Raye Montague

被升職為
電腦系統
分析師

搬到華盛頓特區，
擔任美國海軍辦公室
打字員

榮獲海軍
服務獎章

獲得
美國專業
工程師執照

Photo courtesy of Raye Montague

Photo courtesy of Raye Montague

1984 成為美國海軍史
上第一位女性船
艦設計專案經理

2006 回到阿肯色斯州的小岩城
家人身邊居住

2017 成為美國ABC新聞
網晨間節目「早安
美國」的客座來賓

獲得國會黑人黨團
頒獎

1988 獲得國家電腦
圖像學會頒獎

1979 獲得加拿大
工程師執照

1990 從美國海軍退
休，並且以她的
名義，獲得美國
首府特別為她升
起旗幟的殊榮

2017 被美國海軍榮稱為他們
的「關鍵少數」

2018 居住在阿肯色斯州的
小岩城，繼續演講和
啟發他人（編注：瑞
於2018年10月10
日逝世。）

Photo courtesy of Raye Montague

關於瑞・蒙特固

　　瑞・晶・喬登・蒙特固於1935年1月21日誕生於美國阿肯色斯州的小岩城，爸媽是瑞福德・喬登和法蘿希・葛瑞弗斯・喬登。這位舉世聞名的專業工程師，曾經有一段漫長又成功的公務員生涯——在美國海軍服務。她一路上的每一步，都努力對抗種族歧視與性別歧視。瑞的成就原本不為一般大眾所知，但她最後終於被全世界認可，是史上首度用電腦來設計船艦的人，同時也是美國海軍第一位女性電腦船艦設計師。

決心成為工程師

　　在美國民權運動之前，黑人小孩（尤其是女孩）在專業領域上少有足以擔任他們楷模的對象。幸運的是：瑞向來擁有非常支持她的家族成員與心靈導師。她的外公——湯瑪斯・葛瑞弗斯先生，注意到她對數學與科學的興趣，鼓勵她將興趣發揮在這些科目上。瑞才七歲大，外公就帶她到小岩城市中心，參觀二次世界大戰的德軍潛水艇。這艘潛水艇被美軍俘虜，停靠在卡羅萊納州的海岸。瑞被這艘船艦迷住了，她問起一位白人導遊，她需要學些什麼，才能設計一艘像這樣的船。對方告訴她船艦的設計師需要學習工程學，但這不需要她擔心——暗示有色族裔女孩根本不可能完成這種工作。瑞屏棄這位男性輕視的言語，決心要成為一位工程師。

Photo courtesy of Raye Montague

對抗歧視，堅決追求夢想

　　瑞的媽媽就跟她外公一樣，堅決認同她追求這個目標。喬登女士告訴她的女兒，雖然她必須起身對抗社會的三大不公義——她的性別、她的種族，還有被隔絕的教育系統，但只要有好的教育，她依舊能達成任何夢想。這個建議雖然充滿智慧，執行起來卻很不容易。在種族隔離政策下，黑人學生就讀的學校經常得接收白人學校的二手資源，比如缺頁或損壞的教科書。除此之外，黑人教師與白人教師的境遇很不同，想要追求更高深的學位，是毫無管道的。還好瑞周遭的許多老師都聰明又上進，在他們的引導下，以及她本身全心全意的學習，她表現得非常亮眼。

1952年，從派恩布勒夫的梅里爾高中畢業後，瑞很心碎的發現她家附近的大學，全都不許黑人學生修習工程學的學位。她媽媽無法負擔她跨區就讀的學雜費，瑞決定在阿肯色斯農工教育學院研讀商業科系。她於1956年以優異成績取得學位，隨即搭火車前往華盛頓特區去找工作。

　　瑞第一次離開家鄉阿肯色斯州，雖然還沒找到穩定的工作，卻深信首都這個城市將是機會之都。果然，她的好運帶她找到美國海軍提供的生平第一份工作——幸運的是，這個軍事部門專管潛水艇艦隊！一開始，瑞受雇擔任打字員，不過她很快就把握住這個機會，與工程師們並肩工作。她運用了自己從小就擁有的照相式記憶，努力學習，熟記各項作業，包括如何運用UNIVAC1——全世界第一臺商用電腦。此外，她還利用晚上時間進修電腦程式課程。

成為電腦系統分析師

　　在關鍵的這一天，瑞部門裡所有的工程師都請病假。具備了各種技能的她，有辦法完成他們的工作。她的上司非常震驚，對她的表現印象深刻，幫她升職，讓她成為電腦系統分析師。儘管她的地位提升了，卻繼續因為性別歧視與種族歧視受害。其他人用不合理的標準來要求她，上司時常要她克服種種難題，試圖藉此打擊她。她認為自己正向的態度與幽默感，有助於超越這些傷害。她加倍認真工作，克服人們無理的加諸她身上的種種挑戰。

全世界首位以電腦設計船艦的工程師

　　1971年，尼克森總統要求海軍在兩個月內打造一艘船。在那個時代，光是船艦的藍圖就需要工程師們花兩年的時間手繪。她破紀錄的僅花費18小時又26分鐘的時間，就用她新修訂的系統，完成了FFG-7巡防艦的設計圖，成

Photo courtesy of Raye Montague

為全世界首位使用電腦設計船艦的人。但令人難過的是：她的成果只能經由白人男性上司代為呈報給總統，使得許多人對她在計畫裡的角色根本一無所知。甚至在這艘船艦終於在1978年首航典禮時，這位聰穎過人的數學家都沒能獲邀參加。

美國海軍的「關鍵少數」

瑞在1972年獲頒海軍服務獎章，並於1978年獲頒製造工程學會的終身成就獎。在執行了工程師的工作多年以後，她於1978年獲得美國的專業工程師認證，於1979年獲得加拿大的專業工程師認證──在她這個職業領域中，很少人能達成如此成就。1984年，瑞成為美國海軍第一位女性船艦電腦系統經理人，掌管多達250人的團隊；1988年，她為她在電腦圖像工程上的創新，獲頒國家電腦圖像學會獎。她在1990年退休時，獲得了她自認這輩子最大的榮耀──為了紀念她，一面旗幟飄揚在美國的首都大廈上方。

瑞在2017年回到華盛頓特區，對美國海軍發表演說。軍方正式稱她為他們的「關鍵少數」（Hidden Figures），這部同名電影講述的正是她的故事。時常有人引述瑞給人的一個睿智建議：「把眼光與目標朝向星星，這樣你最少還會降落在月球上。」瑞這種真摯的謙和、付出與不受挫的毅力，使得她成為史上最啟迪人心又神奇的科學家之一。

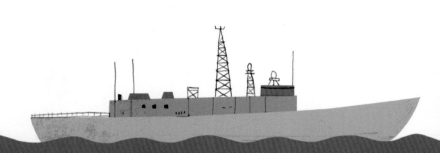

致謝

　　本書的出版社、作者和插畫家都非常感謝瑞‧蒙特固女士花了很長的時間與作者談話，謝謝蒙特固女士在本書創作的過程中提供私人照片，並且提出諸多對本書很有建設性的看法。

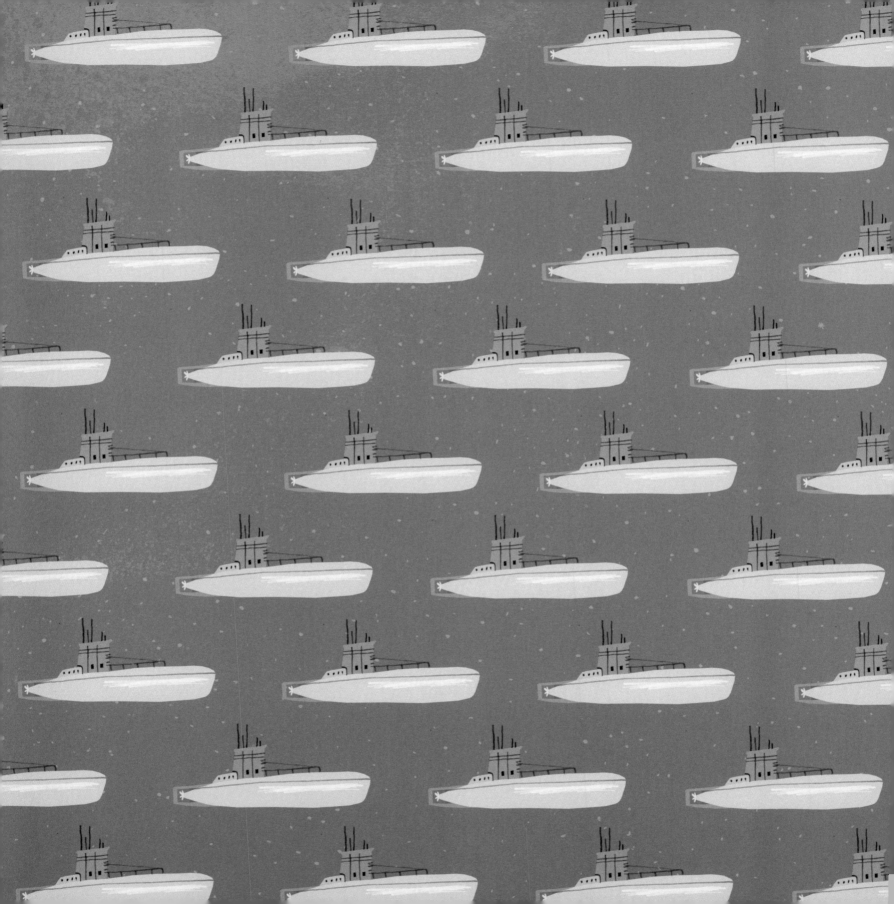